U0112725

圖書在版編目（CIP）數據

楚辭集注：影印本／（南宋）朱熹著．—合肥：黄山書社，2010.8
ISBN 978-7-5461-1491-0

Ⅰ．①楚… Ⅱ．①朱… Ⅲ．①楚辭－注釋 Ⅳ．①I222.3

中國版本圖書館 CIP 數據核字 (2010) 第 160181 號

楚辭集注

責任編輯 趙國華 湯吟菲
出版發行 黄山書社
社 址 合肥市政務文化新區翡翠路一一一八號出版傳媒廣場
印 刷 揚州文津閣古籍印務有限公司
經 銷 新華書店
開 本 七〇〇×一六〇〇毫米 八開
印 數 一〇〇〇
版 次 二〇一〇年八月第一版 二〇一二年五月第二次印刷
標準書號 ISBN 978-7-5461-1491-0
定 價 壹仟陸佰捌拾圓

楚辭集注

南宋·朱熹 著

出版説明

《楚辭集注》，八卷，另附《楚辭辯證》二卷、《楚辭後語》六卷。南宋朱熹（一一三〇—一二〇〇）著。朱熹，南宋學者，哲學家，字元晦，號晦庵，徽州婺源人。紹興十八年（一一四八）進士，官至焕章閣待制、侍講。是二程（程顥、程頤）的四傳弟子，繼承發展了二程理氣之説，建立了完整的客觀唯物主義理学系統，世稱程朱理學。其弟子衆多，學風對後世影響甚大。

《楚辭集注》作於朱熹任潭州（今湖南長沙市）荆湖南路安撫使時（一一九三），書前題署的時間爲慶元五年（一一九九），可知成書於此年。《楚辭集注》一至五卷以王逸《楚辭章句》爲依據，定屈原作品二十五篇，爲《離騷》類；并將《離騷》以外各篇，冠以

「離騷」二字。其編次爲：卷一《離騷經》，卷二《九歌》，卷三《天問》，卷四《九章》，卷五《遠游》、《卜居》、《漁父》。卷六至卷八爲《續離騷》類，并於各篇之上冠以「續離騷」三字。其編次爲：卷六《九辯》，卷七《招魂》（上宋玉），《大招》（景差），卷八《惜誓》、《吊屈原賦》、《鵩鳥賦》（上賈誼），《哀時命》（莊忌），《招隱士》（淮南小山）。《續離騷》類的篇章取捨與《楚辭章句》不同，因朱熹認爲「《七諫》、《九懷》、《九嘆》、《九思》雖爲騷體，然其詞氣平緩，意不深切，如無所疾痛而强爲呻吟者」，故悉删而不録。并增補賈誼《吊屈原賦》與《鵩鳥賦》，又將揚雄的《反離騷》附録於後。

《楚辭集注》是在汲取王逸《楚辭章句》與洪興祖《楚辭補注》的成果基礎上撰寫的，既肯定了《章句》與《補注》在訓詁方面的成就，也指出其在釋義上的不足。是繼

《章句》、《補注》之後影響較大的一部《楚辭》注本，受到學者們的普遍重視，并且流傳極爲廣泛。但朱熹從其理學觀點出發，認爲此書可『增夫三綱五典之重』，這些都是應當摒弃的。

《楚辭集注》版本衆多，宋端平二年（一二三五）朱熹之孫朱鑒刊本，在《楚辭集注》中删去複見於《楚辭後語》中的《反離騷》，在《楚辭後語》中删去了複見於《楚辭集注》中的《吊屈原賦》、《鵩鳥賦》，爲今存最早、最完整的《楚辭》刊本。

楚辭集注目録

以上續離騷凡八題十六篇今定爲三卷

右楚辭集注八卷今所校定其第錄如上蓋自屈原賦離騷而南國宗之名章繼作通號楚辭大氐皆祖原意而離騷深遠矣竊嘗論之原之爲人其志行雖或過於中庸而不可以爲法然皆出於忠君愛國之誠心原之爲書其辭旨雖或流於跌宕怪神怨懟激發而不可以爲訓然皆生於繾綣惻怛不能自已之至意雖其不知學於北方以求周公仲尼之道而獨馳騁於變風雅之末流以故醇儒莊士或羞稱之然使世之放臣屏子怨妻去婦抆淚謳唫於下而所天者幸而聽之則於彼此之間天性民彝之善豈不足以交有所發而增夫三綱五典之重此予之所以每有味於其言而不敢直以詞人之賦視之也然自原著此詞至漢未久而說者已失其趣如太史公蓋未能免而劉安班固賈逵之書世不復傳及隋唐間爲訓解者尚五六家又有僧道騫者能爲楚聲之讀今亦漫不復存

無以考其說之得失而獨東京王逸章句與近世洪興祖補注並行於世其於訓詁名物之間則已詳矣顧王書之所取舍與其題號離合之間多可議者而洪皆不能有所是正至其大義則又皆未嘗沉潛反復嗟歎詠歌以尋其文詞指意之所出而遽欲取喻立說旁引曲證以強附於其事之已然是以或以迂滯而遠於性情或以迫切而害於義理使原之所爲壹鬱而不得申於當年者又晦昧而不見白於後世予於是益有感焉疾病呻吟之暇聊據舊編粗加檃括定爲集註八卷庶幾讀者得以見古人於千載之上而死者可作又足以知千載之下有知我者而不恨於來者之不聞也嗚呼悕矣是豈易與俗人言哉

楚辭卷第一　集註

離騷經第一　離騷一

離騷經者屈原之所作也屈原名平與楚同姓仕於懷王爲三閭大夫三閭之職掌王族三姓曰昭屈景（戰國策楚有昭奚恤元和姓纂云楚武王子瑕食采於屈因氏焉屈重屈蕩屈建屈平並其後又云景氏有景差至漢皆徙關中）屈原序其譜屬率其賢良以厲國士入則與王圖議政事決定嫌疑出則監察羣下應對諸侯謀行職脩王甚珍之同列上官大夫及用事臣靳尚妬害其能共譖毀之王疏屈原屈原被讒憂心煩亂不知所愬乃作離騷（班孟堅曰離猶遭也顏師古云擾動曰騷洪曰其謂之經蓋後世之士祖述其詞尊而名之耳非原本意也）上述唐虞三后之制下序桀紂羿澆之敗冀君覺悟反於正道而還己也是時秦使張儀譎詐懷王令絕齊交又誘與俱會武關原諫懷王勿行不聽而往遂爲所脅與之俱歸拘留不遣卒客死於秦而襄王立復用讒言遷屈

原於江南屈原復作九歌天問九章遠遊卜居漁父等篇冀伸己志以悟君心而終不見省不忍見其宗國將遂危亡遂赴汨羅之淵自沈而死汨音覓○長沙羅縣西北去縣三十里名爲屈潭即屈原自沈處今屬潭州寧鄉縣淮南王安曰國風好色而不淫小雅怨誹而不亂若離騷者可謂兼之矣又曰蟬蛻於濁穢之中以浮游塵埃之外不獲世之滋垢皭然泥而不滓推此志也雖與日月爭光可也宋景文公曰離騷爲詞賦之祖後人爲之如至方不能加矩至圓不能過規矣按周禮太師掌六詩以教國子曰風曰賦曰比曰興曰雅曰頌而毛詩大序謂之六義蓋古今聲詩條理無出此者風則閭巷風土男女情思之詞雅則朝會燕享公卿大人之作頌則鬼神宗廟祭祀歌舞之樂其所以分者皆以其篇章節奏之異而別之也賦則直陳其事比則取物爲比興則託物興詞其所以分者又以其屬辭命意之不同而別之也誦詩者先辨乎此則三百篇者若網在綱有條而不紊矣不特詩也楚人之詞亦以是而求之則其寓情草木託意男女以極遊觀之適者變風之流也其叙事陳情感今懷古以不忘乎君臣之義者變雅之類也至於語冥婚而越禮攄怨憤而失中則又風雅之再變矣

其語祀神歌舞之盛則幾乎頌而其變也又有甚焉其爲賦則如騷經首章之云也比則香草惡物之類也興則託物興詞初不取義如九歌沅芷澧蘭以興思公子而未敢言之屬也然詩之興多而比賦少騷則興少而比賦多要必辨此而後詞義可尋讀者不可以不察也

帝高陽之苗裔兮朕皇考曰伯庸攝提貞于孟陬兮惟庚寅吾以降 陬側鳩反又子侯反降叶乎攻反○此章賦也德合天地稱帝高陽顓頊有天下之號也顓頊之後有熊繹者事周成王封爲楚子居於丹陽傳國至熊通始僭稱王徙都於郢是爲武王生子瑕受屈爲卿因以爲氏苗裔者遠孫也苗者草之莖葉根所生也裔者衣裾之末也衣之餘也故以爲遠末子孫之稱也朕我也古者上下通稱之皇

美也父死稱考伯庸字也屈原自道本與君共祖世有令名以至於己是恩深而義厚也攝提星名隨斗柄以指十二辰者也貞正也孟始也陬隅也正月爲陬蓋是月孟春昏時斗柄指寅在東北隅故以爲名也降下也原又自言此月庚寅之日己始下母體而生也

皇覽揆余于初度兮肇錫余以嘉名名余曰正則兮字余曰靈均 覽一作鑒余下一無于字○賦也皇考也覽觀也揆度也初度之度猶言時節也肇始也錫賜也嘉善也正平也則法也靈神也均調也高平曰原故名平而字原也正則靈均各釋其義以爲美稱耳禮曰子生三月父親名之二十則使賓友冠而字之故字雖朋友之職亦父命也

紛吾既有此內美兮又重之以脩能扈江離與辟芷兮紉秋蘭以爲佩 紛音墳重直用反能叶奴

代反一作態非是扈音戶辟匹亦反紉女陳反〇賦而比也紛盛皃生得日月之良是天賦我美質於內也重再也非輕重之重脩長也能才也能獸名熊屬多力故有絕人之才者謂之能扈被也離香草生於江中故曰江離說文曰蘼蕪也郭璞曰似水薺辟幽也芷亦香草生於幽僻之處紉續也蘭亦香草至秋乃芳本草云蘭與澤蘭相似生水傍紫莖赤節高四五尺綠葉光潤尖長有岐隂小紫花紅白色而香五六月盛佩佩飾也記曰佩帨茝蘭則蘭芷之類古人皆以爲佩也

汨余若將不及兮恐年歲之不吾與朝搴阰之木蘭兮夕攬洲之宿莽

汨于筆反不一作弗恐丘用反搴音蹇說文作攓阰音毗擥力敢反一作攬一作擥下一有中字洲一作州莽莫補反〇賦而比也汨水流去疾之貌言己之汲汲自脩常若不及者恐年歲不待我而過去也搴拔取也阰山名

木蘭木名本草云皮似桂而香狀如楠樹高數仞去皮不死擥采也水中可居者曰洲草冬生不死者楚人名曰宿莽言所采取皆芳香久固之物以比所行者皆忠善長久之道也

日月忽其不淹兮春與秋其代序惟草木之零落兮恐美人之遲暮

忽一作留零一作苓〇賦而比也淹久也代更也序次也零落皆墜也草曰零木曰落美人謂美好之婦人蓋託詞而寄意於君也遲晚也此承上章言己但知朝夕修潔而不知歲月之不留至此乃念草木之零落而恐美人之遲暮將不得及其盛年而偶之以比臣子之心唯恐其君之遲暮將不得及其盛時而事之也

不撫壯而棄穢兮何不改乎此度棄騏驥以馳騁兮來吾道夫先路

棄一作乘下同一作策馳一作馳下同道一作導度路二韻下一皆

有也字〇賦而比也三十曰壯棄去也草荒曰穢以比惡行騏驥駿馬以比賢智言君何不及此年德壯盛之時棄去惡行改此惑誤之度而乘駿馬以來隨我則我當爲君前導以入聖王之道也自汨余至此三章同用一韻意亦相承

昔三后之純粹兮固衆芳之所在雜申椒與菌桂兮豈維紉夫蕙茝菌渠隕反或从竹維當作唯古通用茝昌改反一作芷〇賦而比也后君也三后謂禹湯文王也至美曰純齊同曰粹衆芳喻羣賢言三王所以有純美之德以衆賢輔之也雜非一也椒木實之香者申或地名或其美名耳桂木名本草云花白葉黄正圓如竹蕙草名本草云薰草也生下濕地麻葉而方莖赤花而黑實氣如蘼蕪可以已癘陳藏器云即零陵香也言雜用衆賢以致治非獨專任一二人而已也

彼堯舜之耿介兮既遵道而得路何桀紂之昌披兮夫唯捷徑以窘步耿古迥反又古幸反昌一作猖一作倡被一作披並匹皮反夫音扶後以意求不能盡出〇賦而比也耿光也介大也遵循也昌被衣不帶之貌捷邪出也徑小路也窘急也桀紂之亂若被衣不帶者獨以不由正道而所行蹙迫耳

惟黨人之偷樂兮路幽昧以險隘豈余身之憚殃兮恐皇輿之敗績惟下一有夫字樂音洛隘於懈反叶於力反身一作心殃一作怏〇賦而比也惟思念也黨朋也偷苟且也幽昧不明也險臨危也隘猶狹也憚難也殃咎也皇君也績功也君車宜安行於大中至正之道而當幽昧險隘之地則敗績矣故我欲諫爭者非難身之被殃咎也但恐君國傾危以敗先王之功耳

忽奔走以先後兮及前王之踵武荃不揆余之

中情兮反信讒而齌怒怒一作督一作急奔布頓反先悉薦反後下遺反荃七全反一音孫一作蓀音同撰一作察中一作忠齌从火齊聲在詣反一作齊或作齌並祖西反又一作嶽怒叶上聲○比而賦也踵足跟也武迹也追前人者但見其跟之跡耳言所以奔走以趨君之所嚮而或出其前或追其後以相導之者欲其有以躡先王之遺迹也荃與蓀同陶隱居云東間溪側有名溪蓀者根形氣色極似石上菖蒲而葉無脊蓋亦香草故時人以為彼此相謂之通稱此又借以寓意於君也齌炊餔疾也

余固知謇謇之為患兮忍而不能舍也指九天以為正兮夫唯靈脩之故也謇居輦反忍上一有余字一無而字舍尸夜反叶尸預反或音捨非是一無二也字○賦而比也謇謇難於言也直詞進諫已所難言而君亦難聽故其言之出有

不易者如謇吃然也舍止也言已知忠言謇謇必為身患然中心不能自止而不言也九天天有九重也正平也靈脩言其有明智而善脩飾蓋婦悦其夫之稱亦託詞以寓意於君也此又上指九天告語神明使平正之明非為身謀及為它人之計但以君之恩深而義重是以不能自已耳

曰黃昏以為期兮羌中道而改路一無此二句洪曰王逸不注此二句後章始釋羌義疑此後人所增也羌起羊反○比也曰者叙其始約之言也黃昏者古人親迎之期儀禮所謂初昏也羌楚人發語端之詞猶言卿何為也中道而改路則女將行而見棄正君臣之契已合而復離之比也洪說雖有据然安知非王逸以前此下已脫兩句邪更詳之

初既與余成言兮後悔遁而有他余既不難夫離別兮傷靈脩之數化遁一作遯他一作佗一無

夫字數所角反化叶虎瓜反○比也成言謂成其要約之言也悔改也遁移也近曰離遠曰別言我非難與君離別也但傷君志數變易無常操也余既滋蘭之九畹兮又樹蕙之百畮畦留夷與揭車兮雜杜衡與芳芷滋一作蒔與栽同畹於遠反畮古畝字莫後反叶滿彼反留夷一作藠美揭一作藒又作藒並丘謁反又起例反衡一作蘅○比也滋蒔也畹十二畝或曰三十畝也樹種也六尺爲步步百爲畝畦隴種也留夷揭車皆芳草杜衡似葵而香葉似馬蹄故俗云馬蹄香也言已種蒔衆香脩行仁義以自潔飾朝夕不倦也冀枝葉之峻茂兮願竢時乎吾將刈雖萎絕其亦何傷兮哀衆芳之蕪穢峻一作葰音峻竢一作俟萎於危反○比也冀幸也峻長也刈穫也萎病也絕落也言此衆芳

雖病而落何能傷於我乎但傷善道不行如香草之蕪穢耳衆皆競進以貪婪兮憑不猒乎求索羌內恕己以量人兮各興心而嫉妒以一作而婪音藍又力含反憑一作馮索所格反一叶蘇故反一無己字量力香反興一作與非是若索音素即妒字若索从所格讀則妒叶音路○賦也並逐曰競愛財曰貪愛食曰婪憑滿也楚人謂滿曰憑以心揆心爲恕量度也與生也害賢爲嫉害色爲妒言在位之臣心皆貪婪內以其志量度他人謂與己同則各生嫉妒之心也忽馳騖以追逐兮非余心之所急老冉冉其將至兮恐脩名之不立騖音務○賦也騖亂馳也冉冉漸也脩名長名或曰脩潔之名也朝飲木蘭之墜露兮夕餐秋菊之落英苟余情

其信姱以練要兮長顑頷亦何傷飲於錦反餐一作飡並七
安反英叶於姜反姱苦瓜反要於笑反顑虎感反又古湛反頷户感反又魚撿反頷一作頜○
比也英華也飲露餐華言動以香潔自潤澤也苟誠也信實也練要言所脩精練所守要約也
顑頷食不飽而面黃之貌擥木根以結茝兮貫薜荔之落蘂
矯菌桂以紉蕙兮索胡繩之纚纚擥音覽一作掔啓妍反茝
一作芷薜蒲計反荔郎計反索蘇各反纚所綺反○比也薜荔香草也緣木而生蘂花鬚粉
纚纚然者也矯舉也胡繩亦香草有莖葉可作繩索纚纚索好貌謇吾法夫前
脩兮非世俗之所服雖不周於今之人兮願依
彭咸之遺則謇一作蹇服叶蒲北反○賦也謇難詞也前脩謂前代脩德之人周

合也彭咸殷賢大夫諫其君不聽自投水而死遺餘也則法也長太息以掩涕
兮哀民生之多艱余雖好脩姱以鞿羈兮謇朝
誶而夕替鞿居依反羈居宜反誶與訊同音信又音粹替與艱叶未詳或云艱居根
反替它因反○賦也掩涕猶抆淚也哀此民生遭亂世而多難也脩姱謂脩潔而美好鞿羈以
馬自喻韁在口曰鞿革絡頭曰羈言自繩束不放縱也誶諫也詩曰誶予不顧令詩作訊訊告
也替廢也既替余以蕙纕兮又申之以攬茝亦余心
之所善兮雖九死其猶未悔纕息羊反一無以字非是茝一作芷
悔虎猥反○賦而比也纕佩帶也申重也此言君之廢我以蕙茝爲賜而遣之如待放之臣予
之以玦然後去也然二物芬芳乃余心之所善幸而得之則雖九死而不悔况但廢替而已乎

怨靈脩之浩蕩兮終不察夫民心衆女嫉余之
蛾眉兮謠諑謂余以善淫蛾一作娥非是謠音遥諑音卓以一作之
○比也浩蕩無思慮貌民謂衆人也蛾眉謂眉
之美好如蠶蛾之眉也爾雅云徒歌謂之謠方
言云楚南謂愬爲諑固時俗之工巧兮偭規矩而改錯背
繩墨以追曲兮競周容以爲度偭音面錯七故反追古隨字○
比也偭背也規所運以爲圓之筳也矩所擬以
爲方之器今曲尺也錯置也繩墨引繩彈墨以
取直者今墨斗繩是也追猶隨也言舍直而隨
曲也競爭也周合也度法也言爭以苟合求容
爲常法也洪曰偭規矩而改錯者反常
而妄作背繩墨以追曲者枉道以從時忳鬱邑
余侘傺兮吾獨窮困乎此時也寧溘死以流亡
兮余不忍爲此態也忳徒渾反邑一作悒侘敕加敕駕二反傺丑利敕界
二反一無二也字溘苦答反又苦合反以一作
而態叶土宜反○賦也忳憂貌侘傺失志貌侘
猶堂堂也又立也傺住也楚人語也溘奄也
言我寧奄然而死不忍爲此邪淫之態也鷙
鳥之不羣兮自前世而固然何方圜之能周兮
夫孰異道而相安鷙脂利反圜一作圓周一作同安叶一先反○比也鷙執
也謂鳥之能執伏衆鳥者鷹鸇之類也不羣言
其執志剛厲居常特處不與衆鳥爲羣也周合
也負鑿方枘不能相合以其異道故不能相安賢者之居亂世亦猶是也屈心而抑
志兮忍尤而攘詬伏清白以死直兮固前聖之
所厚攘而羊反詬一作詬並呼漏反又或作垢○賦也抑按也尤過也攘除也詬恥也言

與世已不同矣則但可盈心而抑志雖或見尤於人亦當一切隱忍而不與之校雖所遭者或有恥辱亦當以理解遣若攘郤之而不受於懷蓋寧伏清白而死於直道尚足爲前聖之所厚如比干諫死而武王封其墓孔子稱其仁也自怨靈脩以下至此五章一意爲下章回車復路起

悔相道之不察兮延佇乎吾將反回朕車以復路兮及行迷之未遠

相息亮反佇直呂反回一作廻○比也悔追恨也察明審也延引頸也佇跂立也回旋轉也迷惑誤也言既至於此矣乃始追恨前日相視道路未能明審而輕犯世患遂引頸跂立而將旋轉吾車以復於昔來之路庶幾猶得及此惑誤未遠之時覺悟而還歸也

步余馬於蘭皐兮馳椒丘且焉止息進不入以離尤兮退將復脩吾初服

焉尤虔反離力智反一無復字服叶蒲北反○比也步徐行也澤曲曰皐其中有蘭故曰蘭皐丘上有椒故曰椒丘徐步馳走而遂止息必依椒蘭不忘芳香以自清潔所謂回朕車以復路也進既不入以離尤則亦退而復脩吾初服耳

製芰荷以爲衣兮雧芙蓉以爲裳不吾知其亦已兮苟余情其信芳

芰奇寄反雧古集字一作集○比也製裁也芰蔆也生水中葉浮水上花黃白色實紫色兩頭銳者也荷蓮葉也芙蓉蓮花也本草云蓮其葉名荷其花未發爲菡萏已發爲芙蓉上曰衣下曰裳言被服益潔脩善益明也此與下章即所謂脩吾初服也

高余冠之岌岌兮長余佩之陸離芳與澤其雜糅兮唯昭質其猶未虧

岌魚及反糅女救反下同○賦也岌岌高貌佩玉佩也陸離美好分散之貌芳謂以香物爲衣裳澤

謂玉佩有潤澤也糅亦雜也唯獨也昭明也言獨此光明之質有退藏而無虧缺所謂道行則兼善天下不用則獨善其身也

忽反顧以游目兮將往觀乎四荒佩繽紛其繁飾兮芳菲菲其彌章○繽匹賓反○比也荒遠也繽紛盛貌繁衆也菲菲猶勃勃芳香貌也章明也言雖已回車反服而猶未能頓忘此世故復反顧而將往觀乎四方絕遠之國庶幾一遇賢君以行其道佩服愈盛而明志意愈脩而絜也

民生各有所樂兮余獨好脩以爲常雖體解吾猶未變兮豈余心之可懲樂五教反好呼報反脩一作循非是解古買反豈一作非可一作何非是懲叶直良反○賦也言人生各隨氣習有所好樂或邪或正或清或濁種種不同而我獨好脩絜以爲常雖以此獲罪於世至於屠戮支解終不懲創而悔改也自悔相道至此五章又承上文清白以死直之意而下爲女嬃詈予起也

女嬃之嬋媛兮申申其詈予曰鮌婞直以亡身兮終然殀乎羽之野嬃私俞反嬋音蟬媛音爰一作撣援詈一作罵予叶音與鮌古本反與鯀同一作𩶅婞一作悻胡冷反又胡頸反又音脛殀一作夭並於矯反野叶上與反○賦也女嬃屈原姊也嬋媛眷戀牽持之意申申舒緩貌也曰記女嬃之詞也鮌堯臣也帝繫曰顓頊後五世而生鮌婞很也蚤死曰殀言堯使鮌治洪水婞很自用不順堯命乃殛之羽山死於中野女嬃以蚤死原剛直太過恐亦將如鯀之遇禍也

汝何博謇而好脩兮紛獨有此姱節薋菉葹以盈室兮判獨離而不服謇一作蹇非是姱好呼報反節叶音即薋自資反亦作茨菉力玉反葹商支反服叶蒲

比反○賦而比也此亦女嬃言也博謇謂廣博而忠直紛盛貌姱節姱美之節也薋蒺蔾也菉玉芻也葹枲耳也三物皆惡草以比讒佞盈室喻滿朝也判別也言衆人皆佩此惡草汝何獨判然離別不與衆同也

衆不可戶說兮孰云察余之中情

世並舉而好朋兮夫何煢獨而不予聽

說輸芮反煢一作惸並渠營反不字疑衍聽叶它丁反○賦也朋黨也煢孤也屈原外困羣佞內被姊詈故言衆人不可戶戶而說必不能察己之中情況世人又方並爲朋黨何能哀我煢獨而見聽乎爲下章就舜陳辭起

依前聖以節中兮喟憑心而歷茲濟

沅湘以南征兮就重華而敶詞

以一作之喟丘愧反沅音元敶古陳字一作陳○賦而比也節度也喟歎也憑滿也恚盛貌左傳列子天問皆云憑怒是也歷經歷之意沅湘皆水名沅水出象郡鐔城西東注江合洞庭中湘水出帝舜葬東入洞庭下重華舜號也帝繫曰瞽叟生重華是爲帝舜葬於九疑山在沅湘之南洪曰天下明德皆自虞帝始其於君臣之際詳矣屈原以世莫能察己之志故欲就之而陳詞如下文所云也

啓九辯與九歌兮夏康娛以自縱不顧難以圖後兮

五子用失乎家衖

難乃旦反衖一作巷與巷同叶乎貢反一作居非是○自此以下皆比而賦也啓禹子也九辯九歌禹樂也言禹平治水土以有天下啓能承先志纘叙其業故九州之物皆可辯數九功之德皆有次序而可歌也夏康啓子太康也娛樂也縱放也圖謀也五子太康昆弟五人也家衖宮中之道所謂永巷也太康以逸豫滅厥德盤游無度田于洛南十旬弗反有窮后羿距之于河而五子用此亦失其家衖言國破而家亡也事見尚書

大禹謨及五子之歌此爲舜言之故所言皆舜以後事也羿淫遊以佚畋兮
又好射夫封狐固亂流其鮮終兮浞又貪夫厥
家羿五計反佚音逸畋一作田射食亦反固一作國非是鮮一作尠並先典反浞食角反家
叶古胡反○羿有窮之君夏時諸侯也封大也浞寒浞羿相也婦謂之家言羿因夏衰亂代之
爲政娛樂畋獵不恤民事信任寒浞使爲國相羿畋將歸浞使家臣逢蒙射而殺之貪取其家
以爲己妻羿以亂得政身即滅亡故曰亂流鮮終也澆身被服強圉兮縱
欲而不忍日康娛而自忘兮厥首用夫顛隕澆五
吊反又作奡五耗反服一作於圉魚呂反欲下一有殺字非是而一作以夫一作以一無夫字
顛一作巔○澆寒浞子也強圉多力也言浞取羿妻而生澆彊梁多力縱放其慾不能自忍也

康安也自上而下曰顛隕墜也言澆既滅殺夏后相安居無憂日作淫樂忘其過惡卒爲相子
少康所誅此二章事並見左傳襄公四年哀公五年夏桀之常違兮乃遂
焉而逢殃后辛之菹醢兮殷宗用之不長菹側魚反
醢音海之一作而○違背也言背道也逢殃爲湯所放也后辛即紂也藏菜曰菹肉醬曰醢紂
爲無道殺比干醢梅伯武王誅之殷宗遂絕不得長久也湯禹儼而祗敬兮
周論道而莫差舉賢才而授能兮循繩墨而不
頗儼一作嚴並魚檢反差七何反一無才字循一作脩脩非是頗一作陂並普禾反○儼畏也
祗亦敬也周周家也差過也言殷湯夏禹周之文王受命之君皆畏天敬賢講論道義無有過
差又舉賢才遵法度而無偏頗故能獲神人之助子孫蒙其福祐如下章也皇天無

私阿兮覽民德焉錯輔夫維聖哲之茂行兮苟
得用此下土錯七故反之一作以行下孟反○竊愛爲私所私爲阿錯置也輔佐
也猶言惟德是輔也言皇天神明無所私阿觀
民之德有聖賢者則置其輔助之力而立以爲
君也哲智也茂盛也苟誠也下土謂天下也言
聖哲之人有甚盛之行故能有此下土而用之
也瞻前而顧後兮相觀民之計極夫孰非義而
可用兮孰非善而可服相息亮反服叶蒲北反○瞻臨視也顧還視也
相觀重言之也計謀也極窮也前謂往昔之是非後謂將來之成敗服事也言瞻前顧後則人
事之變盡矣故見民之計謀於是爲極而知唯義爲可用唯善爲可行也阽余身而
危死兮覽余初其猶未悔不量鑿而正枘兮固

前脩以菹醢阽余廉反死下一有節字悔呼磊反量音良鑿音漕正一作進枘而
銳反○阽臨危也言近邊而欲墮也危死言幾死也鑿穿孔也枘刻木端所以入鑿者也正謂
審其正而納之也此承上章言惟善爲可行而前脩乃有以此而至於菹醢若龍逢梅伯者然
亦不敢以爲悔也曾歔欷余鬱邑兮哀朕時之不當攬
茹蕙以掩涕兮霑余襟之浪浪曾一作增歔許居反欷許衣反
又許毅反當平聲攬一作擥茹如呂反浪音郎○曾累也歔欷哀泣之聲也鬱邑憂也
哀時不當者自哀生不當舉賢之時而值菹醢之世也茹柔耎也霑濡也衣眥謂之襟浪浪流
貌言心悲泣下而猶引取柔耎香草以自掩拭不以悲故失仁義之則也跪敷衽以
陳辭兮耿吾既得此中正駟玉虬以乘鷖兮溘

埃風余上征跪巨委反辭一作詞耿古迥反正叶音征虬一作蚪並渠幽反鷖烏
雞反又烏計反一作翳溘一作壒○敷布也衽裳際也耿明也有角曰龍無角曰虬鷖鳳類身
有五采溘奄忽也埃塵也征行也此言跪而敷衽以陳如上之詞於舜而耿然自覺吾心已得
此中正之道上與天通無所間隔所以埃風忽起而余遂乘龍跨鳳以上征也然此以下多假
託之詞非實有是物與是事也朝發軔於蒼梧兮夕余至乎縣
圃欲少留此靈瑣兮日忽忽其將暮軔音刃縣音玄一作
懸少一作夕非是瑣先果反一作璅○軔搘車木也將行則發之蒼梧舜所葬也縣圃在崑崙
之上靈神也瑣門鏤也文如連瑣以青畫之則曰青瑣吾令羲和弭節兮
望崦嵫而勿迫路曼曼其脩遠兮吾將上下而

求索弭彌耳反崦音淹嵫音茲古但作奄茲勿一作未非是曼莫半反又莫官反一作漫
索所格反○羲和堯時主四時之官賓日餞日者也弭按也止也按節徐行也崦嵫日所入之
山也迫附近也曼曼遠貌脩長也求索求賢君也言欲令羲和按節徐行望日所入之山且勿
附近冀及日之未莫而遇賢君也飲余馬於咸池兮揔余轡乎
扶桑折若木以拂日兮聊逍遥以相羊飲於禁反扶說
文作榑逍遥一作須臾相息羊反羊一作徉王篇引作儴徉音同○咸池日浴處也揔結也扶
桑木名日出其下也若木亦木名在崑崙西極其華光照下地拂擊也聊且也逍遥相羊皆遊
也前望舒使先驅兮後飛廉使奔屬鸞皇為余
先戒兮雷師告余以未具屬叶章喻反或如字則具字亦叶入聲皇

一作鳳爲于僞反余先一作我前余一作我○
望舒月御也飛廉風伯也屬連也鸞鳳之佐也
皇雌鳳也雷
師豐隆也
吾令鳳鳥飛騰兮繼之以日夜飄
風屯其相離兮帥雲霓而來御
夜如字或叶羊
茹反屯徒渾反
帥一作率霓一作蜺五稽五歷五結三反此从
五稽反御叶音迓或如字○鳳靈鳥也山海經
云丹穴之山有鳥焉其狀如雞五彩而文曰鳳
鳥是鳥也飲食則自歌自舞見則天下大康寧
飄風回風也屯聚也霓虹屬陰陽交會之氣也
郭璞云雄曰虹謂明盛者雌曰蜺謂暗微者雲
薄漏日日照雨點
則生也御迎也
紛總總其離合兮斑陸離其
上下吾令帝閽開關兮倚閶闔而望予
斑亦作
班下叶
音戶予叶音與○紛盛多貌總總聚貌斑亂貌
帝謂天帝也閽主以昏閉門之隸也閶闔天

門也令帝閽開門將入見帝更歎已志而閽不
肯開反倚其門望而拒我使不得入蓋求大君
而不遇
之比也
時曖曖其將罷兮結幽蘭而延佇世溷
濁而不分兮好蔽美而嫉妬
曖音愛罷音皮溷
胡困反好呼報反
妬叶丁五反○曖曖昏昧貌罷極也結幽蘭而
延佇言以芳香自潔而無所趨向也溷亂也既
不得入天門以見上帝於是歎息世之溷濁而
嫉妬蓋其意若曰不意天門之下亦復如此於
是去而
它適也
朝吾將濟於白水兮登閬風而緤馬忽
反顧以流涕兮哀高丘之無女
閬音郎又音浪
緤一作紲並音
薛馬叶滿補反○淮南子言白水出崑崙之山
閬風山上也女神女蓋以比賢君也於此又無
所遇故下章欲遊春宮求虙妃見
佚女留二姚皆求賢君之意也
溘吾遊此春

宮兮折瓊枝以繼佩及榮華之未落兮相下女之可詒佩叶音備相息亮反詒叶音異○溘奄也春宮東方青帝舍也繼續也榮華喻顏色也落墮也相視也下女謂神女之侍女也詒遺也游春宮折瓊枝正欲及榮華之未落而因下女以通意於神妃也吾令豐隆乘雲兮求虙妃之所在解佩纕以結言兮吾令蹇脩以為理虙房六反一作宓莫筆反在叶才里反纕息羊反或曰在如字即理叶音賴○豐隆雷師虙妃伏羲氏女溺洛水而死遂為河神纕佩帶也蹇脩人名理為媒以通詞理也蓋雷迅疾而威震求無不獲故欲使之求神女之所在而令蹇脩致佩纕以為理則蹇脩似是下女之能為媒者然亦未有考也紛總總其離合兮忽緯繣其難遷夕歸次於窮石兮朝濯髮乎洧盤緯音徽一作徽繣呼麥反又音畫一作儘二字一作數懂洧于軌反盤叶蒲延反○緯繣乖戾也遷移也言蹇脩既持其佩帶以通言而讒人復毀敗之令其意一合一離遂以乖戾而見距絕其意難移也次舍也窮石山名在張掖即后羿之國也洧盤水名保厥美以驕傲兮日康娛以淫遊雖信美而無禮兮來違棄而改求傲一作敖一作驁○倨簡曰驕侮慢曰傲康安也違去也言虙妃驕傲淫遊雖美而不循禮法故棄去而改求也覽相觀於四極兮周流乎天余乃下望瑤臺之偃蹇兮見有娀之佚女相息亮反下叶音戶娀音嵩佚一作妷並音逸○四極四方極遠之地瑤玉之美者偃蹇高貌有娀國名佚美也謂帝嚳之妃契母簡狄也事見商頌呂氏春秋曰

有娀氏有美女爲之高臺而飲食之吾令鴆爲媒兮鴆告余以不
好雄鳩之鳴逝兮余猶惡其佻巧令音零鴆直禁反好如字
雄一作鳩羽弓反黄云呼故反然則鴆字歟惡
烏路反佻吐雕反又吐了反又音眺巧叶苦老
反○鴆運日也羽有毒可殺人以喻讒佞賊害
人也告予以不好者其性讒賊不肯爲媒而反
間我也雄鳩鶻鳩也似山鵲而小短尾青黑色
多聲佻輕也巧利也又使雄鳩銜命而往然其
性輕佻巧利多語言而無要實復不可信用也心猶豫而狐疑兮欲自
適而不可鳳皇既受詒兮恐高辛之先我猶如字又
音柚詒異眉反一作詔非是○猶犬子也人將
犬行犬好豫在人前待人不得又來迎候故謂
不決曰猶豫狐多疑而善聽河氷始合狐聽其
下不聞水聲乃敢過故人過河氷者要須狐行

然後敢渡因謂多疑者爲狐疑高辛帝嚳有天
下之號也言以鴆鳩皆不可使故中心疑惑意
欲自往而於禮有不可者鳳皇又已受高辛之遺而來求之故恐簡狄先爲嚳所得也欲
遠集而無所止兮聊浮游以逍遥及少康之未
家兮留有虞之二姚集一作進非是少失照反姚音遥○少康夏后相之
子也有虞國名姚姓舜後也以二女妻少康事
見左傳言既失簡狄欲適遠方又無所向故願
及少康未娶於有虞之時留此二姚也理弱而媒拙兮恐導言之
不固世溷濁而嫉賢兮好蔽美而稱惡好呼報反美一
作善惡叶烏路反○弱劣也拙鈍也恐道理弱
於少康而媒又無巧辭也蓋不待其不合而已
自知其必無所成矣故再言世之溷濁而嫉賢
蔽美蓋以爲雖四方之遠而其風俗之不美無

以異於齊州也閨中既以邃遠兮哲王又不寤懷朕情而不發兮余焉能忍而與此終古既下一有以字邃息遂反一無而字古叶音故○小門謂之閨邃深也哲知也寤覺也終古者古之所終謂來日之無窮也閨中深遠蓋言宓妃之屬不可求也哲王不寤蓋言上帝不能察司閽壅蔽之罪也言此以比上無明王下無賢伯使我懷忠信之情不得發用安能久與此闇亂嫉妬之俗終古而居乎意欲復去也

索藑茅以筳篿兮命靈氛爲余占之曰兩美其必合兮孰信脩而慕之索所格反藑一作瓊並音瓊筳音廷篿音專占之慕之兩之字自爲韻○索取也藑茅靈草也筳小折竹也楚人名結草折竹以卜曰篿靈氛古明占吉凶者兩美蓋以男女俱美比君臣俱賢也言兩美終雖必合然楚國

孰有能信汝之脩絜而慕之者宜以時去也思九州之博大兮豈惟是其有女曰勉遠逝而無狐疑兮孰求美而釋女一無狐字有女之女如字釋女之女音汝○此亦靈氛之詞美女以比賢君求美以比求賢夫言天下之大非獨楚有美女但當遠逝而無疑豈有美女求賢夫而舍汝者乎何所獨無芳草兮爾何懷乎故宇世幽昧以昡曜兮孰云察余之善惡宇一作宅待洛反尚書周禮古文宅度多通用也昡熒絹反善惡一作美惡宅作宇則上聲宇作宅則如字善惡一作中情非是上文別有此句此章韻不叶也○何所獨無芳草即上章豈惟是其有女之意又申言之而勉其行亦靈氛之言也昡目無主也世幽昧而莫能察己以下乃原自念之詞言雖往而亦將無所合也民好惡

其不同兮惟此黨人其獨異戶服艾以盈要兮

謂幽蘭其不可佩好惡並去聲要於遙反即古腰字其一作兮一作之佩叶音備○黨朋也言人性固有不同而黨人爲尤甚也艾白蒿非芳草也服之滿腰而反謂蘭爲臭惡而不可佩言其親愛讒佞而憎遠忠直也覽察草木其猶未得兮

豈珵美之能當蘇糞壤以充幃兮謂申椒其不

芳一無覽字猶一作獨非是珵音呈幃音暉○珵美玉也相玉書言珵大六寸其燿自照言時人觀草木尚不能別其香臭豈能知玉之美惡所當乎蘇取也史記樵蘇後爨謂取草也幃謂之幐即香囊也亦言其近小人而遠君子也自念之詞止此欲從靈氛之吉

占兮心猶豫而狐疑巫咸將夕降兮懷椒糈而

要之糈音所要於遙反○巫咸古神巫也當殷中宗之世降下也椒香物所以降神糈精米所以享神又叙其事言巫咸將以日夕從天而下願懷椒糈而要之使占此吉凶也

神翳其備降兮九疑繽其並迎皇剡剡其揚靈

兮告余以吉故翳於計反疑一作嶷迎魚慶反叶音御剡以冉反○翳蔽也繽盛貌九疑在零陵蒼梧之間疑似也山有九峯其形相似遊者疑焉故曰九疑也言巫咸既將百神蔽日來下舜又使九疑之神紛然來迎己也皇謂百神剡剡光也揚靈發其光靈也曰

勉陞降以上下兮求榘矱之所同湯禹儼而求

合兮摯咎繇而能調陞一作升上時掌反下遐駕反榘俱兩反一作矩矱紆縛反又烏郭反一作蒦儼一作嚴咎繇一作皐陶調叶音同詩車攻之五章有此例○曰記

巫咸語也陞降上下陞而上天下而至地也榘
與矩同所以爲方之器也矱度也所以度長短
者也摯伊尹名咎繇舜士師言陞降上下而求
賢君與我皆能合乎此法者如湯之得伊尹禹
之得咎繇始能調和而必合也苟中情其好脩兮又何必用夫
行媒說操築於傅巖兮武丁用而不疑好呼報反一無
又字媒叶莫悲反說音悅操七刀反○行媒喻
左右之先容也言誠心好善則精感神明賢君
自當舉而用之不必須左右薦達也說傅說也
傅巖地名武丁殷之高宗也言傅說抱道懷德
而遭遇刑罰操築作於傅巖武丁思想賢者夢
得聖人以其形像求之因得傅說登以爲公道
用大興爲殷高宗也孔安國曰傅氏之巖在虞
虢之界通道所經有澗水壞道常使胥靡刑人
築護此道說賢而隱代
胥靡築之以供食也呂望之鼓刀兮遭周文

而得舉甯戚之謳歌兮齊桓聞以該輔呂望太公也亦
姓姜氏從其封姓故曰呂也鼓鳴也太公避紂
居東海之濱聞文王作興而往歸之至於朝歌
道窮困因自鼓刀而屠遂西釣於渭濱文王夢
得聖人於是出獵而遇之遂載以歸用以爲師
言吾先公望子久矣因號爲太公望該備也甯
戚衛人脩德不用退而商賈宿齊東門外威公
夜出甯戚方飯牛叩角而商歌曰南山粲白石
爛生不遭堯與舜禪短布單衣適至骭從昏飯
牛薄夜半長夜漫漫何時旦威公聞之曰異哉
歌者非常人也命後車載之用爲客卿備輔佐
也及年歲之未晏兮時亦猶其未央恐鵜鴂之
先鳴兮使夫百草爲之不芳其一作而鵜一作鶗音題一音弟鴂
音決一音桂一無夫字爲于僞反一無爲字○
晏晚也央盡也鵜鴂鳥名即詩所謂七月鳴鵙

者蓋鶗鴂聲相近又其聲惡陰氣至則先鳴而
草死也巫咸之言止此亦勉原使及此身未老
時未過而速行之意鶗鴂先鳴以比
時一過則事愈變而愈不可爲也何瓊佩之
偃蹇兮衆薆然而蔽之惟此黨人之不諒兮恐
嫉妬而折之佩一作珮薆音愛蔽如字又叶音鼈諒一作亮蔽如字即折叶音制
蔽音鼈即折音哲〇此下至終篇又原自序之詞偃蹇衆盛貌言我所佩瓊玉德美之盛蓋以
自況也薆亦蔽之盛也諒信也折毁敗也時繽紛以變易兮又何可
以淹留蘭芷變而不芳兮荃蕙化而爲茅以一作其
茅叶莫侯反〇繽紛亂也不可淹留宜速去也茅惡草以喻不肖補曰上云謂幽蘭其不可佩
以幽蘭之別於艾也謂申椒其不芳以申椒之別於糞壤也今曰蘭芷不芳荃蕙爲茅則更與
之俱化矣當是時也守死而不變者楚國一人而已屈子是也何昔日之芳草
兮今直爲此蕭艾也豈其有他故兮莫好脩之
害也一無蕭字一無二也字好呼報反〇蕭艾賤草亦以喻不肖世亂俗薄士無常守乃
小人害之而以爲莫如好脩之害者何哉蓋由君子好脩而小人嫉之使不容於當世故中材
以下莫不變化而從俗則是其所以致此者反無有如好脩之爲害也東漢之亡議者以爲黨
錮諸賢之罪蓋反其詞以深悲之正屈原之意也余以蘭爲可恃兮羌
無實而容長委厥美以從俗兮苟得列乎衆芳
此即上章蘭芷變而不芳之意容長謂徒有外好耳委棄也詳見下章椒專佞以
慢慆兮樧又欲充夫佩幃既干進而務入兮又

何芳之能祗慢馬諫反一作謾一作漫慆吐刀反一作謟搬音殺夫一作其非是幃音暉而一作以〇慆淫也書曰無即慆淫搬茱萸也幃盛香之囊也椴亦芳烈之物而今亦變爲邪佞茱萸固爲臭物而今又欲滿於香囊蓋但知求進而務入於君則又何能復敬守其芬芳之節乎

固時俗之流從兮又孰能無變化覽椒

蘭其若茲兮又況揭車與江離流從一作從流化叶虎瓜反離叶音羅化或叶虎爲反即離如字〇流從口隨從上化如水之流也揭車江離雖亦香草然不若椒蘭之盛今椒蘭既如此則二者從可知矣

惟茲佩之可貴兮委厥美而歷茲芳菲菲而難虧兮芬至今猶未沫之一作其菲下而一作其芬下一有復出芬字沫叶莫之反〇委歷皆已見上虧損減也沫昏暗也

言瓊佩有可貴之質而能不挾其美以取世資委而棄之以至於此然其芬芳實不可得而減損昏暗此原之自況也然上章譏蘭既有委厥美之文矣此美瓊佩又以爲言者蓋彼眞棄其美之實以從俗此則棄其美之利以徇道其事固不同也故彼雖苟得一時之勢而惡名不滅此雖失其一時之利而芬芳久有二者之間正有志者所當明辯而勇決也

和調度以自娛兮聊浮游而求女及余飾之方壯兮周流觀乎上下調徒料反女紐呂反上去聲下上聲叶音户〇調猶今人言格調之調度法度也言我和此調度以自娛而遂浮游以求女如前所言虙妃佚女二姚之屬意猶在於求君也余飾謂瓊佩及前章冠服之盛方壯亦巫咸所謂年未晏時未央之意周流上下即靈氛所謂遠逝巫咸所謂陞降上下也

靈氛既告余以吉占兮歷

吉日乎吾將行折瓊枝以爲羞兮精瓊爢以爲粻

一無吉字行叶户郎反折之舌反爢芒悲反粻陟姜反又音良○歷遍數而實選也精細米也瓊枝瓊爢皆謂物之珍者羞進也以牲及禽獸之肉致滋味而進之也粻糧也

爲余駕飛龍兮雜瑤象以爲車何離心之可同兮吾將遠逝以自疏

爲余之爲于僞反疏所葅反○象象牙也雜用象玉以飾其車也離心謂上下無與己同心者也自疏則禍害不能相及矣

邅吾道夫崑崙兮路脩遠以周流揚雲霓之晻藹兮鳴玉鸞之啾啾

邅池戰反崑古渾反崙盧昆反揚下一有志字非是晻烏感反藹一作濭一作靄並於蓋反啾音揫○邅轉也後漢書注云崑崙在肅州酒泉縣西南地之中也雲霓蓋以爲旍旗也藹陰貌鸞鈴之著於衡者啾啾鳴聲也

朝發軔於天津兮夕余至乎西極鳳皇翼其承旂兮高翺翔之翼翼

翼一作紛旂渠希反之一作而○天津析木之津謂箕斗之間漢津也蓋箕北斗南天河所經而日月五星於此往來故謂之津又有天津九星在虛危北橫河中即津梁所渡也翼敬也周禮交龍爲旂凡旂屬皆建於車後也一上一下曰翺直刺不動曰翔翼翼和也

忽吾行此流沙兮遵赤水而容與麾蛟龍以梁津兮詔西皇使涉予

麾許爲反以一作使予音與○流沙見禹貢今西海居延澤是也沈括云嘗過無定河活沙履之百步皆動如行幕上或陷則人馬車駝以百千數無孑遺者或謂此即流沙也遵循也赤水出崑崙東南陬入南海容與游戲貌以手教曰麾以蛟龍爲橋於津上而乘之

以渡猶言比鼉黿以爲梁也詔告也西皇帝少皞也少皞以金德王白精之君故曰西皇路
脩遠以多艱兮騰衆車使徑待路不周以左轉
兮指西海以爲期待叶徒奇反一作持○不周山名山海經西北海之外有
山而不合名曰不周指語也期會也言己使語衆車使由徑路先過而相待我當自不周山而
左行俱會西海之上也屯余車其千乘兮齊玉軑而並馳
駕八龍之蜿蜿兮載雲旗之委蛇乘繩證反軑音大蜿於原
反一作婉於阮反委於危反蛇弋支反一作移二字一作逶迤○屯聚也軑輨也轂内之金也
一云轄也蜿蜿龍貌雲旗以雲爲旗也抑志而弭節兮神高馳之
邈邈奏九歌而舞韶兮聊假日以媮樂抑上一有聊字

弭節一作自弭神高馳一作邁高地假工雅反一作暇一音暇皆非是媮音俞○言雖按節徐
行然神猶高馳邈邈然而逾遠不可得而制也九歌九德之歌禹樂也韶九韶之舞舜樂也假
借也顔師古云此言遭遇幽厄中心愁悶假延日月苟爲娛樂耳陟陞皇之赫
戲兮忽臨睨夫舊鄉僕夫悲余馬懷兮蜷局顧
而不行一無陟字陞一作升戲許宜反一作曦睨五計反悲一作思蜷音拳行叶户郎
反○皇皇天也赫戲光明貌睨旁視也舊鄉楚國也僕御也懷思也蜷局詰屈不行貌屈原託
爲此行而終無所詣周流上下而卒反於楚焉亦仁之至而義之盡也亂曰亂者樂節
之名國語云其輯之亂輯成也凡作篇章既成撮其大要以爲亂辭也史記曰關雎之亂以爲
風始禮曰既奏以文又亂以武已矣哉國無人兮莫我知兮又

何懷乎故都既莫足與爲美政兮吾將從彭咸之所居一無哉字人下一無兮字○賦也已矣絕望之詞無人謂無賢人也故都楚國也言時君不足與共行美政故我將自沈以從彭咸之所居也

楚辭卷第一

楚辭卷第二　　集註

九歌第二　　離騷二至十二

九歌者屈原之所作也昔楚南郢之邑沅湘之間其俗信鬼而好祀其祀必使巫覡作樂歌舞以娛神蠻荊陋俗詞既鄙俚而其陰陽人鬼之間又或不能無褻慢淫荒之雜原既放逐見而感之故頗爲更定其詞去其泰甚而又因彼事神之心以寄吾忠君愛國眷戀不忘之意是以其言雖若不能無嫌於燕昵而君子反有取焉此卷諸篇皆以事神不答而不能忘其敬愛比事君不合而不能忘其忠赤尤足以見其懇切之意舊說失之今悉更定

吉日兮辰良穆將愉兮上皇撫長劍兮玉珥璆鏘鳴兮琳琅愉音俞珥音餌璆渠幽反鏘七羊反一作鎗琳音林琅音郎俗作瑯○日謂甲乙辰謂寅卯穆敬也愉樂也上皇謂東皇太一也撫循也珥劍鐔也璆鏘皆玉聲孔子世家云環珮玉聲璆然玉藻云古之君子必佩玉進則揖之退則揚之然後玉鏘鳴也琳琅美玉名謂佩玉也此言主祭者卜日齋戒帶劍佩玉以禮神也○補曰沈括存中云吉日兮辰良蓋相錯成文則語勢矯健韓退之云春與猿吟兮秋鶴與飛用此體也瑤席兮玉

瑱盍將把兮瓊芳蕙肴蒸兮蘭藉奠桂酒兮椒

漿瑤音遙瑱音鎮一作鎮一他甸反非是盍音合蒸一作蒸一作烝藉慈夜反○瑤美玉也瑱與鎮同所以壓神位之席也盍何不也把持也瓊芳草枝可貴如玉巫所持以舞者也肴骨體也蒸進也國語燕有殽烝是也此言以蕙裹肴而進之又以蘭爲藉也奠置也桂酒切桂投酒中也漿者周禮四飲之一此又以椒漬其中也四者皆取其芬芳以饗神也揚枹兮

拊鼓疏緩節兮安歌陳竽瑟兮浩倡靈偃蹇兮

姣服芳菲菲兮滿堂五音紛兮繁會君欣欣兮

樂康枹一作桴房尤反疏平聲倡音昌姣服一作妖服古字通也樂歷各反○揚舉也枹擊鼓槌也拊擊也疏希也舉枹擊鼓使巫緩節而舞徐歌相和以樂神也陳列也浩大也竽笙

類三十六簧瑟琴類二十五絃靈謂神降於巫之身者也偃蹇美貌姣好也服飾也古者巫以降神神降而託於巫則見其貌之美而服之好蓋身則巫而心則神也菲菲芳貌五音謂宮商角徵羽也紛盛貌繁衆也君謂神也欣欣喜貌康安也此言備樂以樂神而願神之喜樂安寧也

東皇太一一本上有祠字下諸篇同○太一神名天之尊神祠在楚東以配東帝故云東皇漢書云天神貴者太一太一佐曰五帝中宮天極星其一明者太一常居也淮南子曰太微者太一之庭紫宮者太一之居○此篇言其竭誠盡禮以事神而願神之欣說安寧以寄人臣盡忠竭力愛君無已之意所謂全篇之比也

浴蘭湯兮沐芳華采衣兮若英靈連蜷兮既留

爛昭昭兮未央華戶花反英叶於姜反蜷音拳○芳芷也華采五色采也榮而
不實者謂之英言使靈巫先浴蘭湯沐香芷衣采衣如草木之英以自潔清也靈神所降也楚
人名巫爲靈子若曰神之子也連蜷長曲貌既留則以其服飾潔清故神悅之而降依其身留
連之久也漢樂歌言靈安留亦指神而言也爛光貌昭昭明也謇將憺兮壽宮憺徒
與日月兮齊光龍駕兮帝服聊翱遊兮周章
濫反宮叶古荒反齊一作爭○謇詞也憺安也壽宮供神之處漢武帝時置壽宮神君亦此類
也言神既至憺然安樂無有去意也龍駕以龍引車也帝謂上帝也聊且也周章猶周流也
靈皇皇兮既降猋遠舉兮雲中覽冀州兮有餘
橫四海兮焉窮思夫君兮太息極勞心兮𢥞𢥞

降叶胡攻反猋卑遙反其字从三火焉於虔反夫音扶𢥞敕中反一作忡○靈謂神也皇皇美
貌降下於巫也猋去疾貌雲中神所居也言神歆食既飽猋然遠舉復還其處也覽望也兩河
之間曰冀州有餘所望之遠不止一州也窮極也言神出入須臾之間橫行四海無有窮極也
夫君謂神也記曰夫夫也是𢥞𢥞心動貌

雲中君謂雲神也亦見漢書郊祀志○此篇言神既降而久留與人親接故
既去而思之不能忘也足以見臣子慕君之深意矣

君不行兮夷猶蹇誰留兮中洲美要眇兮宜脩
沛吾乘兮桂舟令沅湘兮無波使江水兮安流
望夫君兮未來吹參差兮誰思要漢書作幼於笑反眇與妙同

宜上一有又字來叶力之反一作歸非是參差
一作篸箸上初簪反下初宜反思叶新齋反○
君謂湘君堯之長女娥皇爲舜正妃者也舜陟
方死於蒼梧二妃死於江湘之間俗謂之湘君
湘旁黃陵有廟夷猶猶豫也言旣設祭祀使巫
呼請而未肯來也中洲洲中也水中可居者曰
洲言其不來不知其爲何人而留也要眇好貌
脩飾也沛行貌吾爲主祭者之自吾也欲乘桂
舟以迎神取香潔之意也又恐行或危殆故願
湘君令水無波而安流也參差洞簫也風俗通
云舜作簫其形參差不齊象鳳翼也
望湘君而未來故吹簫以思之也　駕飛龍兮
北征邅吾道兮洞庭薜荔柏兮蕙綢蓀橈兮蘭
旌望涔陽兮極浦橫大江兮揚靈　邅池戰反又陟連反柏一
作拍並音博綢音儔又音叨蓀一作荃橈而遥
反旌一作旍與旌同此句之上或有乘字或有

承字或有采字旌或作旗皆非是涔音岑○駕
龍者以龍翼舟也邅轉也洞庭太湖也在長沙
巴陵廣圓五百餘里日月若出沒於其中中有
君山柏榑壁也綢縛束也蓀香草也橈船小楫
也涔陽江碕名極遠也浦水涯也揚
靈者揚其光靈猶言舒發意氣也　揚靈兮未
極女嬋媛兮爲余太息橫流涕兮潺湲隱思君
兮陫側　潺仕連反又鉏山反湲音爰陫符沸反側叶札力反○極至也未極未得所止
也女嬋媛指旁觀之人蓋見其慕望之切亦爲
之眷戀而嗟歎之也潺湲流貌隱痛也君湘君
也陫隱也側不安也　桂櫂兮蘭枻斲冰兮積雪采薜荔兮
水中搴芙蓉兮木末心不同兮媒勞恩不甚兮
輕絕　櫂直教反枻音曳叶音泄搴音蹇○此章比而又比也蓋此篇本以求神而不答比

事君之不偶而此章又別以事比求神而不荅也櫂楫也枻船旁版也桂蘭取其香也斲斫也言乘舟而遭盛寒斲斫氷凍紛如積雪則舟雖芳潔事雖辛苦而不得前也薜荔緣木而今采之水中芙蓉在水而今求之木末既非其處則用力雖勤而不可得至於合昏而情異則媒雖勞而昏不成結友而交踈則今雖成而終易絕則又心志睽乖不容強合之驗也求神不荅豈不亦猶是乎自是而往益微而益婉矣

石瀨兮淺淺飛龍兮翩翩

交不忠兮怨長期不信兮告余以不閒

淺音牋閒音閑叶音賢○此章興而比也蓋以上二句引起下句以比求神不荅之意也瀨湍也淺淺流疾貌翩翩飛疾貌所謂興者蓋曰石瀨則淺淺矣飛龍則翩翩矣凡交不以忠則其怨必長矣期不以信則必將告我以不暇而負其約矣所謂比者則求神而不荅之意亦在其中也其詳已見上章讀者宜并考之

鼂騁騖兮江皐夕弭節兮北渚鳥次兮屋上水周兮堂下

鼂與朝同陟遙反騁音逞騖音務下叶音戶○鼂早也騁直馳也騖亂馳也弭按也渚水涯也次止也周旋也此言神既不來則我亦退而游息以自休耳

捐余玦兮江中遺余佩兮澧浦采芳洲兮杜若將以遺兮下女旹不可兮再得聊逍遙兮容與

捐音沿玦古穴反遺平聲佩一作珮澧一作醴遺去聲旹古時字一作時○玦如環而有缺捐玦遺佩以貽湘君也澧水出武陵充縣注于洞庭史記作醴芳洲香草所生之處也杜若葉似薑而有文理味辛下女已見騷經逍遙容與皆遊戲閒暇之意也此言湘君既不可見而愛慕之心終不能忘故猶欲解其玦佩以爲贈而又不敢顯然致之以當其身故但委之

水濱若捐弃而墜失之者以陰寄吾意而冀其或將取之若聘禮賓將行而於館堂楹間釋四皮束帛賓不致而主不拜也然猶恐其不能自達則又采香草以遺其下之侍女使通吾意之慇懃而幸玦佩之見取其戀慕之心如此而猶不可必則逍遙容與以俟之而終不能忘也

湘君

說見篇內○此篇蓋爲男主事陰神之詞故其情意曲折尤多皆以陰寓忠愛於君之意而舊說之失爲尤甚今皆正之

帝子降兮北渚目眇眇兮愁予嫋嫋兮秋風洞庭波兮木葉下

予一作余並叶音與嫋奴鳥反下叶音戶○帝子謂湘夫人堯之次女女英舜次妃也韓子以爲娥皇正妃故稱君女英自宜降稱夫人也餘見上篇眇眇好貌愁予者亦爲主祭者言望之不見使我愁也嫋嫋長弱之貌秋風起則洞庭生波而木葉下矣蓋記其時也

登白薠兮騁望與佳期兮夕張鳥何萃兮蘋中罾何爲兮木上

一無登字薠音煩一作蘋非是佳下一有人字非是張音帳一作與佳人兮期夕張亦非是一無二何字亦非是罾音增○賦而比也薠草秋生今南方湖澤皆有之似莎而大鴈所食也騁望縱目也佳佳人也謂夫人也張陳設也言向夕洒掃而張施帷幄也萃集也蘋水草罾魚網二物所施不得其所以比夕張之地非神所處而必不來也

沅有茝兮澧有蘭思公子兮未敢言荒忽兮遠望觀流水兮潺湲

茝一作茞澧一作醴非是荒忽一作慌惚音同○此章興也澧水名見禹貢公子謂湘夫人也帝子而又曰公子猶秦已稱皇帝而其男女猶曰公子公主古人質也思之而未敢言者尊而神之懼其瀆也所謂興者蓋曰沅則有茝

矣澧則有蘭矣何我之思公子而獨未敢言耶思之之切至於荒忽而起望則又但見流水之
潺湲而已其起興之例正猶越人之歌所謂山有木兮木有枝心悅君兮君不知而以茝叶子
以蘭叶言又隔句用韻法也麋何爲兮庭中蛟何爲兮水裔
朝馳余馬兮江皋夕濟兮西澨麋音眉爲一作食裔一作裏澨
音逝○比而賦也麋獸名似鹿而大濟渡也澨水涯也麋當在山林而在庭中蛟當在深淵而
在水裔以比神不可見而望之者失其所當也朝馳夕濟猶上篇江皋北渚之意聞佳
人兮召予將騰駕兮偕逝築室兮水中葺之兮
荷蓋葺子入反荷上一有以字蓋叶居乂反○佳人謂夫人也偕俱也逝往也言與召己
之使者俱往也葺蓋也築室水中將託神明而居處也蓀壁兮紫壇匊芳

椒兮成堂桂棟兮蘭橑辛夷楣兮葯房罔薜荔
兮爲帷擗蕙櫋兮既張白玉兮爲鎮疏石蘭兮
爲芳芷葺兮荷屋繚之兮杜衡蓀一作荃壇音善匊古播字本
作罔一作播成一作盈橑音老楣音眉葯音約又音渥罔與網同擗一作辟普覓反又音覓一
作擘櫋音綿玉兮蘭兮下一皆有以字鎮一作瑱葺下一有之字繚音了○紫紫貝也紫質黑
點壇中庭也播布也蘭木蘭也橑椽也辛夷樹大連合抱高數仞其花初發如筆北人呼爲木
筆其花最早南人呼爲迎春楣門户上橫梁也葯白芷葉也罔結也結以爲帷帳也在旁曰帷
擗析也析蕙以爲屋櫋聯也鎮壓坐席者也石蘭香草疏布陳也繚縛束也言以杜衡繚其屋
也此言其所築水中之室欲其芳絜如是也合百草兮實庭建芳馨

兮廡門九嶷繽兮並迎靈之來兮如雲廡音武嶷一作疑迎去聲○馨芳之遠聞者廡堂下周屋也言合百草之花以實庭中積芳馨以廡其門也九嶷山名舜所葬也言舜使九嶷山神繽然來迎二妃而衆神從之如雲也將築室依湘夫人以爲鄰而舜復迎之以去則又不得見之捐余袂兮江中遺余褋兮澧浦搴汀洲兮杜若將以遺兮遠者時不可兮驟得聊逍遙兮容與袂彌蔽反遺平聲褋音牒搴見上篇汀它丁反遺去聲者叶音渚又音覩與一作冶○袂衣袖褋襜襦也此篇首末大指與前篇同捐袂遺褋即捐玦遺佩之意然玦佩貴之而袂褋親之也汀平也遠者亦謂夫人之侍女以其既遠去而名之也

湘夫人

廣開兮天門紛吾乘兮玄雲令飄風兮先驅使涷雨兮灑塵涷音東从水灑一作洒並所宜反塵叶陳除句反○天門上帝所居紫微宮門也廣開者爲神將降也吾主祭者之自稱也大司命陽神而尊故但爲主祭者之詞乘玄雲者知神將降而往迎之也飄風回風也涷雨暴雨也灑塵以清道也君迴翔兮以下踰空桑兮從女紛緫緫兮九州何壽夭兮在予下叶音戶女讀作汝予叶音與○君與女皆指神君尊而女親也迴翔盤旋也空桑山名緫緫衆貌予者贊神而爲其自謂之稱也言見神既降而遂往從之因歎其威權之盛曰九州人民之衆如此何其壽夭之命皆在於己也高飛兮安翔乘清氣

兮御陰陽吾與君兮齊速導帝之兮九坑
清一作精
齊如字又音咨又側皆反一作齋非是速禮記作遫音速導一作道坑一作阬音岡○乘猶乘車清氣謂輕清之氣御猶御馬陰陽則兼清濁變化而言也齊速整齊而疾速也導奉引也帝天帝也之適也坑與岡同謂山脊也九坑者周禮職方氏九州之山鎮曰會稽衡山華山沂山岱山嶽山醫無閭霍山恒山也此言己得從明神登天極奉至尊而周宇內也
靈衣兮被被玉佩兮陸離壹陰兮壹陽衆莫知兮余所爲
被一作披並音披○被被長貌壹陰壹陽言其變化循環無有窮已也
折疏麻兮瑤華將以遺兮離居老冉冉兮既極不寖近兮愈疏
折音哲華叶芳無反遺去聲寖一作侵一作浸愈一作踰○疏麻神麻也極窮也寖漸也疏遠也此以神既去而思之如雲中君卒章之意也
乘龍兮轔轔高駝兮冲天結桂枝兮延竚羌愈思兮愁人
轔轔一作軨軨並音鄰冲持弓反一作翀天叶鐵因反竚直呂反思去聲○轔轔車聲與詩有車鄰鄰字同言神既去而不留使己延望而怨思也
愁人兮柰何願若今兮無虧固人命兮有當孰離合兮可爲
何叶音奚當丁浪反可一作何可上一有不字皆非是○無虧保守志行無損缺也又言人受命而生貧富貴賤各有所當或離或合神實司之非人之所能爲也因祀司命而發此意則原所以順受其正者亦嚴矣

大司命

周禮大宗伯以槱燎祀司中司命疏引星傳云三台上台曰司命又文昌宮第四亦曰司命故有兩司命也

龝蘭兮蘪蕪羅生兮堂下緑葉兮素枝芳菲菲
兮襲予夫人兮自有美子蓀何以兮愁苦龝古秋字
一作秋下同蘪或从艸下叶音户予叶音與夫音扶兮字一在自有字下蓀一作荃下同〇蘪
蕪芎藭葉名似蛇床而香其苗四五月間生葉作叢而莖細其葉倍香七八月開白花羅生言
二物並列而生也襲及也少司命亦陽神而少卑者故爲女巫之言以接之上四句興下二句
也夫人猶言彼人如左傳之言不能見夫人也美子所美之人也蓀猶汝也蓋爲巫之自汝也
言彼神之心自有所美而好之者矣汝何爲愁苦而必求其合也龝蘭兮青青
緑葉兮紫莖滿堂兮美人忽獨與余兮目成青音
菁〇青青茂盛貌言美人並會盈滿於堂而司命獨與我睨而相視以成親好此亦上二句興
下二句也至此則神降於巫而非復前章之意矣入不言兮出不辭乘
回風兮載雲旗悲莫悲兮生別離樂莫樂兮新
相知辭一作詞〇此爲巫言司命初與己善後乃往來飄忽不言不辭乘風載雲以離於
我適相知而遽相別悲莫甚焉於是乃復追念始者相知之樂也荷衣兮蕙帶
儵而來兮忽而逝夕宿兮帝郊君誰須兮雲之
際帶叶丁計反儵一作倏〇此亦爲巫言神之始也雖儵然不言而來今乃忽然不詞遂去
而宿於天帝之郊不知其何所待於雲之際乎猶幸其有意而顧已也與女遊兮
九河衝風至兮水揚波古本無此二句王逸亦無注補曰此河伯章中
語也當刪去與女沐兮咸池晞女髮兮陽之阿望孅

人兮未徠臨風怳兮浩歌女讀作汝咸下一有之字池一作沱並叶音陀晞音希㬠一作美徠一作來怳許往反○咸池星名蓋天池也晞乾也怳失意貌此復爲神語以命巫者女及美人皆指巫也言欲與女沐於咸池而望汝不至遂怳然而浩歌也孔

蓋兮翠旍登九天兮撫彗星慫長劍兮擁幼艾

蓀獨宜兮爲民正旍一作旌此句上一有揚字彗詳歲反慫一作竦並息拱反正叶音征○孔蓋以孔雀尾爲車蓋翠旍以翡翠羽爲旌旗撫揚除之也彗星妖星光芒偏指如彗者也慫挺拔之意幼少也艾美好也語見孟子戰國策即指上美人也正平也此蓋更爲衆人之詞以贊神之美言其威靈氣燄光輝赫奕又能誅除凶穢擁護良善而宜爲民之所取正也

少司命

按前篇注說有兩司命則彼固爲上台而此則文昌第四星歟

暾將出兮東方照吾檻兮扶桑撫余馬兮安驅

夜皎皎兮既明暾它昆反檻戶黯反皎字从日與皎同明叶音芒○暾溫和而明盛也吾王祭者自吾也檻楯也扶桑見騷經言吾見日出東方照我檻楯光自扶桑而來即乘馬以迎之而夜既明也

駕龍輈兮乘雷載雲旗兮委蛇長

太息兮將上心低佪兮顧懷羌聲色兮娛人觀

者憺兮忘歸輈張留反雷叶音纍委蛇一作逶虵上時掌反低一作俳一作儃懷叶胡威反聲色一作色聲○輈車轅也龍形曲似之故以爲轅雷氣轉似輪故以爲車輪言乘此車以往迎日又以驟登高遠而低佪顧懷遂見下方所陳鐘鼓竽瑟聲音之美靈巫會舞容

色之盛足以娛悅觀者使之安肆喜樂久而忘歸如下文之所去也

緪瑟兮交鼓簫鍾兮瑤簴鳴鯱兮吹竽思靈保兮賢姱翾飛兮翠曾展詩兮會舞應律兮合節靈之來兮蔽日

緪一作緪古登反簫一作蕭簴其呂反鯱一作篪並音池姱叶音户翾許緣反曾作滕反與翾同應於證反節叶音即○緪急張絃也交鼓對擊鼓也周禮有鍾笙之樂注云鍾笙與鍾聲相應之笙然則簫鍾與簫聲相應之鍾虡簴懸鍾磬之木也瑤簴以美玉爲飾也鯱竽樂器名也鯱以竹爲之長尺四寸圍三寸一孔上出横吹之靈保神巫也翾小飛輕揚之貌曾舉也又翥飛也言巫舞工巧翾然若翠鳥之舉也展詩猶陳詩也會舞猶合舞也律謂十二律黃鍾大呂大簇夾鍾姑洗中呂蕤賓林鍾夷則南呂無射應鍾也作樂者以律和五聲之高下節謂

其始終先後疏數疾徐之節也靈來蔽日言日神悅喜於是來下從其官屬蔽日而至也

青雲衣兮白霓裳舉長矢兮射天狼操余弧兮反淪降援北斗兮酌桂漿撰余轡兮高駝翔杳冥冥兮以東行

射食亦反一作䠶操七刀反弧音胡降叶胡剛反援音爰撰鶵免反一無馳字行叶胡剛反○青衣白裳日出東方入西方故用其方色以爲飾也天狼星名晉志云狼一星在東井南爲野將主侵掠弧九星在狼東南天弓也主備盜賊淪沒也降下也言日下而入太陰之中也北斗七星在紫宮南其杓所建周於十二辰之舍以定十有二月斟酌元氣運平四時者也詩曰維北有斗不可以挹酒漿撰持也杳深也冥幽也言日下太陰不見其光杳杳冥冥直東行而復上出也

東君今按此日神也禮曰天子朝日於東門之外又曰王宮祭日也漢志亦有東君

與女遊兮九河衝風起兮橫波乘水車兮荷蓋駕兩龍兮驂螭女讀作汝衝一作沂橫一作水揚二字螭丑知反一音离叶丑歌反○此亦爲女巫之詞女指河伯也河爲四瀆長九河徒駭太史馬頰覆鬴胡蘇簡潔鉤盤鬲津也禹治河至兖州分爲九道以殺其溢其間相去二百餘里徒駭最北鬲津最南蓋徒駭是河之本道東出分爲八枝也衝隧也螭如龍而黃無角

登崑崙兮四望心飛揚兮浩蕩日將暮兮悵忘歸惟極浦兮寤懷懷叶虛韋反○崑崙山名河出崑崙虛色白所渠并千七百一川色黃百里一小曲千里一曲寤直寤覺也懷思也

魚鱗屋兮龍堂紫貝闕兮朱宮靈何爲兮水中堂叶音同○龍堂以龍鱗爲堂也

乘白黿兮逐文魚與女遊兮河之渚流澌紛兮將來下黿音元一無文字魚叶上聲澌音斯从仌仌者流水也从水水者水盡也此當从仌下叶音户○大鼈爲黿逐從也

子交手兮東行送美人兮南浦波滔滔兮來迎魚隣隣兮媵予滔土刀反隣一作鱗媵以證反予叶音與○子謂河伯交手者古人將別則相執手以見不忍相遠之意晉宋間猶如此也東行順流而東也美人與予皆巫自謂也媵送也既已別矣而波猶來迎魚猶來送是其眷眷之無已也三閭大夫豈至是而始歎君恩之薄乎

河伯舊說以爲馮夷其言荒誕不可稽考今闕之大率謂黃河之神耳

若有人兮山之阿被薜荔兮帶女羅既含睇兮又宜笑子慕予兮譱窈窕羅一作蘿睇音弟譱一作善窈音杳窕徒了反○若有人謂山鬼也阿曲隅也女羅兔絲也睇微盻貌美目盻然又好口齒而宜笑也窈窕好貌以上諸篇皆爲人慕神之詞以見臣愛君之意此篇鬼陰而賤不可比君故以人況君鬼喻己而爲鬼媚人之語也若有人者既指鬼矣子則設爲鬼之命人而予乃爲鬼之自命也言人悅己之善爲容也

乘赤豹兮從文貍辛夷車兮結桂旗被石蘭兮帶杜衡折芳馨兮遺所思余處幽篁兮終不見天路險難兮獨後來從才用反貍一作狸衡一

作蘅折音哲遺去聲篁音皇來叶音釐○所思指人之悅己而己欲媚之者也幽深也篁竹叢也後來言其出之遲也

表獨立兮山之上雲容容兮而在下杳冥冥兮羌晝晦東風飄兮神靈雨留靈脩兮憺忘歸歲既晏兮孰華予下叶音戶一無東字而再有飄字予叶音與○表特也雲反在下言所處之高也神靈雨者言風起而神靈應之以雨也靈脩亦謂前所欲媚者也欲俟其至留使忘歸不然則歲晚而無與爲樂矣蓋鬼卒不來而反欲使人造其所居也

采三秀兮於山間石磊磊兮葛蔓蔓怨公子兮悵忘歸君思我兮不得閒磊魯猥反蔓莫干反閒音閑○三秀芝草也公子即所欲留之靈脩也鬼采芝於山間而思此人雖怨其不來而亦知其思我

之不能忘也山中人兮芳杜若飲石泉兮蔭松栢君思我兮然疑作栢叶音博○山中人亦鬼自謂也然信也疑不信也至此又知其雖思我而不能無疑信之雜也

靁填填兮雨冥冥猨啾啾兮又夜鳴風颯颯兮木蕭蕭思公子兮徒離憂一靁作雷填音田又一作狖余救反颯蘇合反蕭叶音搜文苑作搜若如字則憂叶於驕反○填填雷聲冥冥雨貌啾啾小聲又猨狖離羅也

山鬼國語曰木石之恠夔罔兩豈謂此耶○今按此篇文義最爲明白而説者自汨之今既章解而句釋之矣又以其託意君臣之間者而言之則言其被服之芳者自明其志行之潔也言其容色之美者自見其才能之高也子慕予之善窈窕者言懷王之始珍己也折芳馨而遺所思者言持善道而効之君也處幽篁而不見天路險艱又晝晦者言見弃遠而遭障蔽也欲留靈脩而卒不至者言未有以致君之寤而俗之改也知公子之思我而然疑作者又知君之初未忘我而卒困於讒也至於思公子而徒離憂則窮極愁怨而終不能忘君臣之義也以是讀之則其它之碎義曲説無足言矣

操吳戈兮被犀甲車錯轂兮短兵接旌蔽日兮敵若雲矢交墜兮士爭先吳戈一作吾科楯名也錯七各反接叶音匝墜一作隧與墜同先叶音詢○戈平頭戟也犀甲以犀皮爲鎧也考工記曰犀甲壽百年錯交也短兵刀劍也言戎車相迫輪轂交錯長兵不施故用刀劍以相接擊也司馬法曰弓矢圍

殳矛守戈戟助凡五兵長以衛短短以救長矢交墜士爭先謂兩軍相射流矢交墜壯夫奮怒而爭先也

凌余陣兮躐余行左驂殪兮右刃傷霾兩輪兮縶四馬援玉枹兮擊鳴鼓天時懟兮威靈怒嚴殺盡兮弃原壄

陣當作陳躐一作躐並音獵行胡郎反殪於計反霾一作埋與埋同縶陟立反馬叶滿補反援音爰枹音孚一作桴懟一作墜一作隧今从文苑壄古野字叶上與反〇凌犯也躐踐也殪死也援枹擊鼓言志愈厲氣愈盛也懟怨也嚴威也嚴殺猶言鏖戰痛殺也弃原壄骸骨弃於原壄也言己適值天之怨怒故衆皆見殺不得葬也

出不入兮往不反平原忽兮路超遠帶長劒兮挾秦弓首雖離兮心不懲誠既勇兮又以武終剛強兮不可凌身既死兮神以靈魂魄毅兮爲鬼雄

忽兮路一作路兮忽弓叶音經雖一作身魂魄毅一作子魂魄雄叶音形〇平原忽兮路超遠言身弃平原神欲歸而去家遠也帶劒挾弓猶不舍武也懲創艾也雖死而心不悔也魂魄死者之神靈蓋魂神而魄靈魂氣而魄精魂陽而魄陰魂動而魄靜生則魂載其魄魄撿其魂死則魂游散而歸于天魄淪墜而歸于地也毅爲鬼雄者毅然爲百鬼之雄傑也

國殤謂死於國事者小爾雅曰無主之鬼謂之殤

成禮兮會鼓傳芭兮代舞姱女倡兮容與

成一作盛芭一作巴卜加反姱音戶倡音昌與二作治〇會鼓急疾擊鼓也芭與葩同巫所持之香草也代更也持以舞訖復傳與人更用之也姱好也女倡女子爲倡優也容與有態度也

春蘭

兮秋鞠長無絶兮終古

蘭一作菊○春祠以蘭秋祠以鞠即所傳之葩也終古已見騷經

禮魂

禮一作祀或曰禮魂謂以禮善終者

楚辭卷第二